第 35 届
青春诗会诗丛
《诗刊》社 / 编

长假

王子瓜 著

南方出版社
海 口

图书在版编目（ＣＩＰ）数据

长假 / 王子瓜著 . -- 海口 : 南方出版社，
2019.8（2019.10 重印）
（第 35 届青春诗会诗丛）
ISBN 978-7-5501-5578-7

Ⅰ . ①长… Ⅱ . ①王… Ⅲ . ①诗集 - 中国 - 当代
Ⅳ . ① I227

中国版本图书馆 CIP 数据核字 (2019) 第 157169 号

长假

王子瓜 著

责任编辑：高　皓
特约编辑：丁　鹏
装帧设计：史家昌

出版发行：南方出版社
地　　址：海南省海口市和平大道 70 号
邮　　编：570208
电　　话：0898-66160822
传　　真：0898-66160830
经　　销：全国新华书店
印　　刷：阳谷毕升印务有限公司
版　　次：2019 年 8 月第 1 版
印　　次：2019 年 10 月第 2 次印刷
开　　本：787mm×1092mm　1/32
印　　张：5
字　　数：120 千字
定　　价：40.00 元

目录

CONTENTS

辑三 煮酒

辑五　往事的发条

辑一　游戏之夜（2018-2019）

一起玩《伊迪·芬奇的记忆》的晚上

那栋别墅不大，但真精巧，
像个玩具，被谁家的小孩丢在了那儿。
山间过于安静了，仿佛藏匿着野兽，
她推开那扇门的时候迟疑了没有？
准备再一次就着牙膏，吃掉自己，
走进那个黄昏，秋千空荡荡的，在转悠。
数间陡峭的阁楼里面，可怕的妆
掩饰着宴会，铡刀的绳子惊呼王后。
冒险的熔炉，炼就了一颗从容，
她像个导游领着我们，浏览她自己的生活。
窗外的夜里有灯火在嘤咛，
我觉得她被春风灌醉了，逮住痛苦的花蕊，
一遍遍地捋着。此刻，某地，
她正带着新的玩家走出船舱。
去经历吧，她想，去重复这人类的痛苦。
如此，我能酿成。

一起玩《Gorogoa》的晚上

端着一碗值得赞美的成熟的水果
进入死亡之门。
　　　　——里尔克

I

那本书一会儿在你手里，
一会儿又翻在他手上。晚上七点，
算命的女人悻悻离开，走到
另一张种满了念头的桌前，
叩着门环，问道：有人吗？
堂屋飘来星巴克，宅子后面，
她望过去，一片道德结得多好。

主人不在家。事实上，
很快她就发现这里空无人烟，
人们都到别处去了，轻快的车辙
四散在咖啡馆的地板上；而
我跟着你，像几只蛾子踉跄地
被远山熄了火的芯儿派回来，
来瞧瞧你怀里捂着的光，
你那盏捕捉了星斗的灯笼。

II

你举起它；然后你接住
街对面，医院的小花园丢来一只野果。
你走动，然后等待，一架漆绿了、
使铁轨舒展得那么生动的梯子。
困顿时自有一块磁铁，
搁在书房，为你扭转时针和天色。
哦，讲规矩的小人儿，你是否
也乐意给我的世界讲讲你的规矩？

我挪开目光。往来的车灯
认真擦洗玻璃上的一块泥斑，
另一面，西湖和断桥也被它擦净了，
雨中的城市梳洗了一番，
打算要迎接谁；而此时，
天空似乎正走过一位托钵的僧人，
他手中的铜铃猛地摇了一下，
震颤着我的屋子，也震颤了你的。

III

我知道一些方法。你看
现在我要把我的窗台
朝着你书柜上方的画框那里
对准了，吊车一般运行，接上，

然后跨过去；或者，从我
褪下的羽毛中拣出一根，
摆在日光前，叫它纤细的轴
去分享你那只笔用尽了墨水、
从桌上飘落下来的空虚。

我和你正穿行在一个嵌套的环中，
这些岁月我们做过学生、孤儿、
士兵、残废者、书桌前
沉思的老头……是的，
那位僧人年轻时就已经详细地
描写过你今夜将如何梦见他；
十三世纪的太阳转得多慢，
我与你，我们一生都不会
走出他伏案的那间小小的缮写室。

一起玩《王者荣耀》的晚上

1、奕星

先是两人坐在溪边大石上。
盘是青苔，棋是核桃。
对弈。襟袖山水，
桃花开满了树，身前一茶尔。
然后是小溪换作水泥路，
两人抽着烟，缭绕的
迷局让路灯照看出开朗的抽象。
再就是盘中没有了纵横的线，
溪水、大石、桃花树，
原本有的那些现在又都回来了，
没有动弹过的两人现在已是许多人。
人在棋盘无穷的边上坐着，
彼此看不见，但都坐着，
聊着。我们隔地形聊着。
我饮食、行路、交易，
背书时做个好学生，
我叫星星按规则不悔地挪动。
我这边每有动作，
我那边便落下一子。
你的手机发烫，你的斧柯尽烂。

人，换了棋盘，我们对弈。

2、泣血之刃

先是一袋粮食，在你们
昼夜不息的篝火旁边，
他们换给你一打明亮的贝壳，
草绳挂在胸前。
然后是一座铜矿，一片林场，
我变得坚硬，我变得柔软。
现在你觉得我是一把刀，
刀身有血色可此地没有血，
血是一串数字来自消失的躯体，
汇入金色、袋状的图标里，
数字又是另外一些数字
和我一样，在后台变幻，
我们看起来像云，像水母。
人，你击打屏幕时有饮血的激情，
你把数字换来换去，
你的激情是换来换去：
氢、碳、积木、账户、
话题、唾液、涉险的妻子、
不忠的丈夫，你换来换去，
不换时你感到屏幕熄灭的空虚。
那么到这里来吧，
来理解这场大游戏究竟意味着什么，

给你我的激情，因为你亦是信号，
在宇宙中什么也不交换，
我们一去不回头，
闪耀着，度过一段有限的逻辑门。

在 RimWorld

秋风送来机械腿，拉康医生，
您 20 点的医疗值胜过一个友好部落。
我喜欢麻醉，您尽情切割我，
柳叶刀先在这儿画上只羊驼。
镜子里我们的构图怎么样？
劳驾，谢谢，再挪远点儿，
回头我雕一尊《换腿的日子》，
摆在餐厅，两盆波斯菊衬着。
用餐时先生女士们都瞧瞧，
没有拉康医生就没有好人里尔克。
底盘我再刻上几行诗，
刚想好的，您听听：赞美
处理器我们的神，疯狂的
兰迪神的代言人，降下陨石惩罚了
携带电荷标枪的机械螳螂们。
是的！您改得好！"惩罚"
应该换成"惩处"！接着是：
又降下暴雨浇灭了野火，
让我们今夜睡得像敲击兽一样安稳……
您见过吗？五年前附近
出没过两头，是的它们
太优雅了，独角的模样是闪电，

入了夜它们寂静，温柔的眼睛
像湖，像女儿。它们的雕像
悄悄告诉您，完工就是这周了。
但愿发电机早点修好，您说呢？
您信得过新来的特斯拉先生？
待会儿我们得喝一杯，为了
今天是个好日子，心想的
事儿都能成，丰收的玉米穗
将埋了我的断腿，墓园上将有云影
默祷般，终日徘徊、停留。
愿这里的夜空那些陌生星座
进入孩子们的睡前故事，
路旁啤酒花像我们的自由
开得好，飞船建成的那天不会来到。

在汤姆熊

I

　　商场不想继续逛下去了，也不想回家，我们想，这座购物中心的六楼有一家汤姆熊。它看起来很像记忆里的那种游戏厅，少年们坐在椅子上，发疯一般，按着屏幕下方的按钮。新鲜的玩意儿：红外感应的枪变成了水枪，喷在屏幕上，打僵尸由此变得具体了；抓娃娃的箱子底下零散地摆着些冰淇淋杯，抓起这些杯子你可以要一份哈根达斯；游戏币谢绝了现金的兑换，你需要掏出手机来（其实那上边有更多更有趣的游戏）；有一些游戏会在结束时吐出奖券，你可以用它们换取一些奖品，比如我看到，三万多张奖券相当于一台拍立得。但是新鲜感过去得很快，尤其是发现这里并没有拳皇或者合金弹头。所有游戏的时间都设置在两三分钟以内，赛车并不能跑完一圈，叉鱼时你刚刚掌握了发射的方法，才进入状态，便是屏幕上的提醒：投币、投币。不知所措的时候会有一个小朋友走过来，礼貌地，问你是否还要继续？他的母亲站在不远处，慈爱地望着。这里干净、明亮，曾经在烟熏雾绕的黑暗里我幻想过这样的好去处，不必偷外祖父的五十元钱，找借口出门，叫表哥带路，双手因为一整个下午不停地用力而发酸，担心哪里投来家长和老师的视线……站在大厅的中心，你发现虽然长得很像，但他们并非同一个。

II

从没觉得大麦茶这么好喝。回家的地铁上，对面坐着一个年轻的女孩，一只手对着手机屏幕飞快地比划。一个聋哑的女孩。不敢看，就像是偷听了别人的谈话，虽然你并不懂那种语言。对于她来讲，拥有了发达的网络和微信，"电话"才成为可能。这事其实只有几年的历史。她的语言跳跃而又流畅，不会被种种喧嚣所打断，地铁的轰隆、到站的提示音、他人的闲谈……也许一只远去的燕子更有机会使她的言说发生篡改。我走的时候她仍坐在那儿，激动地交谈着，沉浸在这种纯净的语言中，像大麦茶那样恰如其分地解释着芬芳这个词。

一起玩《合金弹头》的晚上

I

葡萄沉在水缸里，
外祖父母睡下了。
我们端起手柄，前方是
沙漠，去打僵尸、火星人。

我们趴在凉席上经历
此世无缘的奇遇。
新 Boss 令我们一声不吭地惊叫。

去茅厕的路上月光清凉，
读不懂的英文像
院子里的树影，不必翻译。

II

我再次打开它，
在魔都明亮的教室，笔记本上，
几秒钟，眼前晃过雨后泥泞的土路，
两旁是水稻田和蛙声，
我和表哥从小学校一路跑回去。

路上拖拉机轮胎的花纹
相互覆印，像龙鳞。

我打算重新去熟悉，
骆驼、武器、战场背景中
琳琅的水果铺子、
结尾处士兵抛出的纸飞机……

我停在这一切的前面。
在奇妙故事的开头。我努力地分辨。
但这些角色的确都不是
千百次为我赴死的那个，记忆中。

旧纪元

在一块空地，两头支起
高大的铁架和筐。
一只橡胶球辗转在一群年轻人手里。

偶尔有女孩儿会观看男孩儿，
他们的假动作、表情或肌肉。

没错那是值得珍视的事物，
像云烟，如今再也看不到。

不过仍愿他们真的注视过那只球，
哪怕是短暂地，阳光晃了眼。

那个时代最伟大的游戏美学——
一只球抛入天空，说出一道弧线。

梦中的游戏

建筑工地有巨大的凉棚，
我们打算玩游戏。
斜坡上放着许多彩蛋，
我们在坡下，热身准备。

老板打开了栅栏，
彩蛋们沿着斜坡加速滚下。

我们一人负责拦截，
三人用脚轻轻地
将彩蛋带回栅栏里。

当它们都被放好，并且
没有一只彩蛋滚到坡下，
摔得粉碎。这样我们得到 1 分。

这时我们回到各自的位置，
老板再次打开栅栏。

整个下午我们都待在这广漠的斜坡。
我们不断刷新着这里的
最高分记录。酒钱早已尽数免去了。

可我们不停下。
这世界没有意义，
但运行不息。

辑二　雪中的爱神像（2018-2019）

搬家的故事

I

五月，枝叶间忙碌着几位造型师，
两个埋头调试着，
其他的在一旁，七嘴八舌，
说这里需要空间，那边太密了也。
而尘埃迫不及待，旋转着，小天鹅般
踮起脚；在无数根颤动的光线中，
一只鸽子从草地上起飞。
飞了那么久。我从没听过更动人的领奏。

II

我拿着我的铁盒子，走在五月
枝叶间。铁盒子上印着月亮和嫦娥，
里面是本科头两年的书信，
和此后五年的没有书信。
一只表里如一的盒子。
现在我感到它又轻了一些，
而周围渐渐热闹起来，仿佛是
留影的那天，蓝天当中有一道航迹云。

III

有一天我会忘记地窖里存放着什么，
纸张好看的花纹、藏了头的文字
一块雪，几瓣做成了标本的
紫荆花、向日葵，后来的每一年
那些并未抵达的消息。
它们真的酿成了一坛酒，
没有色彩和形状。没有内容的酒——
一种纯粹的醇美，像不纯的诗一样。

黑猩猩先生

他长得像布什。从一座假山的尖顶
奔向另一座，冲浪一般的，
踩着晃漾、反光的铁链。这是
假期的第三天，傍晚五点，
退去的人潮露出几辆双人脚踏车
礁石般光洁的脊背。垃圾桶旁，
伶仃的空塑料瓶在倾诉，可草丛静静的。
迎宾象队每日走过的石路附近，
饲料混合着粪便的气味仍不散去。这是
最后几片园区，相机耗尽了电，
放回包中，腹内零食正消化。
难道不是吗？你和他们笑着。像布什。
在另一座假山的尖顶站稳，
同类们坐卧四处，睡眠、捉虱子，
他挥手，望着。尘埃像雪停落在
跑马场猎豹追逐过一簇羽毛的赛道上，
露天马戏厅圆形的孔洞下
云彩在痉挛，清洁工人等待着，
动物艺人留影处，几列付好了钱的
幸福家庭在排队。已经五点了。
望着。于是我们停下，回看他——
那么高，像一只乌鸫伏在树梢，

他用飞翔的姿态，在我们的
惊呼中纵身一跃。暮色令他的
毛发燃烧了一般，走到草地的中心，
挺胸，凝固在一个亮相或是
谢幕的姿势里。我们的喝彩使他满意了吗?
在一家购物中心餐厅的座椅上，在
地铁炫目的广告前，在微信新消息的
提示音和颤动中，这样空旷的夜晚，
笔记本像一颗心灵亮着。谢谢
你们的掌声尽管我已厌倦了，
我索要喝彩因为不远处有一圈高压线，
我不能挣脱世界这五光十色的笼子。

光草闲谈

像绿色的绸缎，一方面是
因为它美——早春，路旁紧缩着
脉管的樱花树，四周是饥饿的灰色，
风摸起来就像冰凉的石头。
而它铺在阳光下，无中生有一般
这新的、玩着露水的幼年。在
过去的一个早晨，
也有这样的绿色套上我的脖颈，
空气伏在一支进行曲硕大的调子下，
将新一轮尘土扬在围墙角落
兰花草细长的茎叶上。旗帜在
我们中间，多像一朵高高伸起的鲜花。
但它不是我那种劣质的布料，这是
另一方面——因为它精心的剪裁，
平整的石径像是既好看
又藏住了几根线头的花边，
每年两次，割草机熨斗般烫过。
应该为它放上一个篮子、三四个好朋友，
谈论天气，新旧年；要有
一队棕蚂蚁来回搬运三明治细小的碎屑，
从草叶的缝隙，从那印着配料表、
生产日期的塑料褶皱里；

在远处熟练或是生涩、但都
那么清晰的吉他声中，一顶帐篷附近，
金发的留学生在日光浴，飞过的
鸟儿，都像是洁白的鸽子。
现在你再坐会儿吧，这长椅多么好，
它光亮的木头和铁，在上空未成形的
气旋的凝视下，草坪中心，
四桨无人机像过去的日子安稳得荒谬，
操纵它的新生已换了许多届。
吉他的旋律怎么样？我该回去了，
这些年我越来越厌烦，越来越浑浊的
涛声淹没了动人的音乐。
我听见上海滩镣铐般的堤坝
锤击着太平洋，我渴望像战火燎黑了
羽毛的鸽子，从云间捎来另一国度的消息。

礼盒
——给小外甥

你的车正在繁忙的生存中行驶。
　　　——郑敏

在餐厅你嘻嘻地笑，而他俩演讲似的
筹集着听众，为了分摊不如意的小日子。
冬天刮来舌头的封条，路上我们噤声
而你大叫。它们是什么模样？你忙着，
万达夜里一排点亮了折扣的发廊、奶茶、
服装店，你老朋友般，将难解的词
一一叫来。我错把你正招呼的这一个
当成你的曾祖父院中那棵老树上的"蝉"，
或"柿子"；另一个看起来更像是北斗
那珠玉间遁去了身形的"洞明"和"隐元"。
原来你与你的父母走在一条相反的路上，
你的词我努力去结识，可又始终徒劳。
你发问，在光华楼那座小毛驴的铜像前，
我的解释长久地停顿于开头的"唐代"……
这没什么意思，你的母亲说。然后是别处，
期末季落着雨的草坪多么干净，高大的
落地窗后面，教室制造着知识时代的雾。
她只为你既然知道 apple, ant and cat

却仍不知道什么是 A 而发愁。你不时地
央求出门去玩耍，而闲暇时她更愿意躺着，
在对新剧的等待中，落实于历史教科书里
一个横卧烟馆的黄种人；她还担心你更
擅长同女孩而不是男孩交朋友，你的天真
"有时过了头"，你的老师对她说；走在
寒冷的天气中，你伸出的小手像是火柴
纤细的光，四处地试探、触碰。你已成为
她半推半就的胆结石，一场婚姻，她口中
那个无情的"不爽"，你是她无可炫耀却
又赖以为生的工作，每天她将自己焊定为
仪器的脚手架，无休无止地扫描着条码。
甚至尚不存在的时候你就已是了：毁掉了
友谊的腮腺炎、镇中学日夜鞭打她的考卷、
每个冬天双手上如期归来的冻疮。哦，爽，
一坛遗失了封盖的烈酒，在岁月中耗散成
不屑的幻觉。她是我的表姐可如今她完了，
而每天我颤栗着，履步在完了的深渊上。
有时我看见你站进队列，激动于那些被无限
拖延下去的承诺，你提起攥紧了的右手
凝滞在混沌初开的太阳穴，跟随话筒前
那个代表了你的影子，咒语般念起我宣誓……
每一代人都逃不过词的厄运吗？在射向
叛徒的檄文中捂住胸口、双膝瘫软。去接
谁的班呢，睫毛下晶莹的灵魂？是你责令
我长大，有个长辈的样子，爆竹声中捏出

几颗糖果，孤零零，在你的碗里打着转；
临别时俯看、向你叮嘱。而现在我放弃了，
你注定比我懂得得更早，人间没有什么舅舅
之类的；人间是一座孤儿院：我们诞生，
端着小碗前去领受，去满溢着苦的锅中盛舀。

长假

I

他有涌动的语气，一身的水色被红灯截断了。"很抱歉"，他重复着，"五分钟"、"好好"。然后是一支烟，点燃在这漫长的二十四秒中，面对着长寿路在上涨、变宽的河面。我见过他，需要力量的时候我记得他。我打开门。每次他换上不同的衣服。有时他请求手机屏幕上几颗标准的星星，甚于我的"谢谢"；有时他什么也不请求。现在他走了，仿佛迟疑了一会儿，决心冒险蹚过去。那是什么在扇动？后座敞开的布篮里：风激起白色单据缤纷的愿景。

II

我见过他：冒雨的孩子停在一道溪水前，看见自己头发笋尖似的，浑身湿透了。他的右手攥着一只白鸽，双翅扑棱着，细小的羽毛打落在田野这下着消毒水的泥泞的走廊，他的姐姐躺在大队诊所中。电瓶车的仪表调低了药液的海拔。那是什么在扇动？我看见他了，和他的鸽子一起，消失在不远处凌空的天桥。再见，我浪漫的小英雄。暑假的剩余时光，我将一直坐在桌前，艰难地推动铅笔的巨石；一代又一代，受罚于我们那空空如也的家庭作业。

洗 窗

自习室这会儿没有课。
笔记本上，思潮腾挪出几个劳工

飘在窗外。两排杉树下
浣女在乘凉。一朵云卖艺般
在蓝天的巷口变换着姿形。

接着好大一阵水：
他们果真在那儿，吊索绑在腰间，
玻璃好似借来一双醉眼，
亭台摇曳，晴天晶莹着。

操起刷子，他们开始用力：
一切得改写。水不再透明，
浑浊的影子像那个
幽灵，徘徊
在课桌上空。书页的浅滩
滞留下大片阴郁的泡沫。

我走了神。其他
戏沙的孩子仍然专心，
念念有词，说这儿再插个枝子

作尖顶，那里还剩些
陈独秀在 1919 年 6 月的北京。

后来他们把自己下放
到教学楼的三层。玻璃上，
海已退了潮，水渍浩荡地干去。

最后消失的是他们的安全帽。
如今那火焰的红色，
燃烧在日夜冲刷着我的海浪上。

雪 天

我们去打印，把给学员们的礼物
印在纸上，
把大雪留在外边。

这样，小城里每只炉子的炭火，
都开始试着往那儿靠近。

"幸好有这张花格子桌布，"
店员这么说着，将桌布的一角掀起来，
"它给热忱以限制。"

打印机温驯地递着样张。

到这家店来之前，
我们已被拒绝了许多次。
沿途，雪人的嘴里总叼着些烟，
好像雪真的在等谁，来为它打火。

下雪的日子，我们就是这样在等待。
谁正烧毁那些限制，
向我们靠近。

总督府

早晨，海鸥送来一副冰耳坠，
两人步行来到这儿。
售票厅负责复制游客，
府中摆设负责复制游客的感受。
并非一时的罪恶，便可造就
这些玲珑的厅堂、椅柜和灯盏。
碉堡的遗址旁边有个炼金师
这么说：为了炼成这座童话，
多少个世纪被我耗费，成为灰烬？
那两人听了，点点头。一个说
原来这儿就是我小时玩乐的地方。
一个说就是在这儿，我曾死去。

细 雪

我要衔接过去一个人的梦。
　　——张枣

I

即使，四面密封着金属和液晶
它摸起来仍然有纸张的柔软
站也就成了另一种呼吸，驶向
那条"漫长、笔直、无穷无尽的河……"
像细小的金子，从黑暗中析出
是夜，多少萤火虫，镀上了她们的赤脚
与面庞，面庞上淡如青烟的斑点
和衣躺进的厢房，像刚刚添好了芯的灯
梦中，电车上的青年背靠车门
平凡如早年的邻居，但
手擎一面奇异、变幻着的小镜子

II

每一次摆动、挣扎，每一次
头颅浮出了水，肺让海风灌满
每一次攀住船头巍峨的绳索
像警觉的鹿，独自去饮水、休憩

都不是为了要继续岸上那可怜如
蚊蝇的生活，而是为了回来，为了
再次越过水草和珊瑚，去检阅
浩瀚的泥沙里哪只贝壳正将珠光悄悄地收敛
傍晚，坐进地铁，结束这换气般
短暂的一天，我就是采珠人要去衔接
前一页那个夏日的早晨：车厢的鲜艳
因为士兵的低音而显得那么蓝
白手套抚平裙子的波浪，帽带晃着青草

礼 物

小火煎蛋，昨夜的长谈
交付与阳台的早晨，
油烟机卷去了梦。吃
槐花还是翡翠？牛奶千万
脱脂的，麻雀忌单爪。
没那么简单的，跟你讲，
借来这根平衡木，想想
怎么凌驾。辫子是你的，
更会扎的人却是我，
夏天在这儿发亮，夸耀着
懒洋洋的氮气质量好，
使我们出门看得见
楼道的阴暗，但又免于燃烧。
丢垃圾的弧线也要既优美
又精确，别让小犬星座衔了去，
丢到哪里，都不如丢在这里。
我爱在街上所有声音中
分辨你走路的那种，像世界
这枚精巧的怀表里面
专心的敲钟人，琢磨着
如何偏离，进而如何缭乱……
所以假如没有那只卡子就好了，

奔跑如此的鲜艳，
好似枣子，缀满了脖颈，
要肥腻的街区染上瘾
每天被你灼烧一小会儿；
但毕竟有那只卡子。
"生活真不容易"，有时你
低下头，慢慢走着，
头发像是见惯了山海的风，
不怎么为这小地方的风
所动；然后还是抬起来，
蓝天和白云，拆迁的工地墙上
流水落花春去也，
枇杷树结点儿童年的果子。
慢慢走着，阳伞
为你旋转结晶的光阴，
墨镜赠你祖母绿。

听的判断

为什么你的身上有一个缺口？
孔雀图案的碎玻璃，
啤酒的味道早已洗去了，
戴在纤长的栈桥上。

沙滩这样握住你，
习习谷风，含着金子。
为什么你的唇不像是在说，
而是空荡的海螺

被一个精神衔着，在吹奏？
我感到除了你的蓝色这里什么也没有——
没有和弦，因为浪花
无法像往日在野地里

那样涨，没有海鸥在天空
变幻，复杂它的谱子。
今晚海滨只有一个声音，
像是个 si 但又不是。

正是这单调让我爱你。
你有一个缺口，你没有两个三个缺口，

你也不是一个缺口都没有。

因为是一个缺口，你才如此完美。

海角餐厅

今晚的海，铺开，像一份
走不出旧梦的晚报，依然
认真地印着各地的声音。
从蓬乱的风手里我们买来它，
因为你爱上这里了——
四围，熄灭的城市，上方
靛色的布棚子，星球之花
细小地点缀。几行霓虹，远远
掺进了明月的灯盏。堤坝，
海雾中有位侍者的影子
一身黑礼服，端着长明的烛台。
此地竟有这等店家？小酒，
支在岩石上，火苗也温和得发蓝，
两三螃蟹被招来，拇指大小，
竞相，透明在石缝间的水洼，
全然忘记了低空：昨日的海鸟
正劳碌、生死。就一盘凉沙，
我们阅读。从那儿，到那儿，
浪花的传真机，气候里的记者
操纵着，从某棵洗发的橡树，
从往事一般，滚落着飞瀑的屋瓴，
从一双泪眼里面，各地的小海

相互激动着，流归了一处。
叫那侍者斟杯酒，小费几张
添在栈桥上，再上一只海螺来，
要它一直哼鸣，伴着我们，
一边读，一边聊聊那儿和那儿，
泡沫间传奇成了又散了，各地的
故事，分列如矩阵，在计算，
翘着首，要兑现一小块儿整全。
但总没有这儿。因为世间的海
无法抵达这儿。你叠起晚报，
珊瑚方巾擦擦手，呓着什么海角。

去 信

剃须刀，像几个朋友消失在雨中，
雨声充满了我和他们的窗户。

醒，总是太迟，
总是救不起昨夜嘶鸣的垂柳。

这天气不如继续睡在家中，
胡乱去梦，这些年遗失的东西
都好端端地，在外面的世界四处躲着。

不要出门去吧，路边的小作坊
总是失灵，整日
往外倾吐粉末和刨木卷。
我知道没有一件家具诞生在里面。

生活给出的计算题我曾多么擅长，
如今总是解错。
所以如今这一颗才是真的。

像重要的小鱼干，奔跑的每一秒
都令它掉落一点点。

下方是生活的出题机：

新的大海，愿你别习惯。

前年的爬墙虎

无人修剪，它们长出了心灵的模样，
即使是夏天的正午，也没有
多少缝隙留下，好让光线去猜。
甚至玻璃的另一面都开始被占有，
坐在办公桌前，就像是
在藤蔓尘封的遗迹里翻找文明的碎片。
而冬天，当日光
不再能轻易驱散盘踞院子的严寒，
它们脱了水的躯体看上去
像是灰色的砖墙自身在枯萎。
站在下雪的街头，老楼
仿佛扎紧了蓑笠，垂钓于大江之上。
如今绿在窗前的，当然早已
不是前年初来时我所见到的那一片；
但我知道它们还在：铺在
窗台，麻雀常在那里歇脚，
有几团废纸和来去的小虫陪伴着；
被风吹落在院子的中央，
沉入爱神雕像下喷泉池水的深处；
或整束地伸进空调散热器，
伸进它律动不息的心跳之中……
如此赶路的人最后成为了新的路，
如果，认真度过了一生。

速 写

外甥四岁，在柿子树下逗弄刚睁开眼的小狗，外祖父坐在一旁的马扎上。马扎在那里放了很多年。分不清清晨还是黄昏，倾斜的光线往他的脸颊投下过量的阴影，使你发觉到这些皱纹的秘密。它们已远非少年时代漫长的暑假里你所熟悉的那些了，十多年来你变得高大，它们的生长也从未停止。某段时日，这些皱纹感到过于拥挤，他为它们留下的空间越来越少了，纹路便开始伸向附近的空气。直到有一天它们也占据了你的额头。村子里还有年后的鞭炮，不过无损于冬天的安宁。他望着他的重孙，在柿子树下，像一个古老的主题，面对着新的书写者。

黄昏剧场

傍晚，在一家餐厅里我们告别。
你们告别，而我
迷路到窗外去了。云霞上，
那孩子成桶地挥霍着颜料，
街旁小树几乎要拽不住自己的影子。

现在，这出戏在按捺着高潮，
变暗的一切，反而使光线更加清楚。
哦，神的猫头鹰，
已从那片酝酿里起飞了么？
东面乐海正在浪的高音上戛然而止。
青幕垂荡的地平线，一边
是暴怒的落日燃烧着，
呵退了周围前来搀扶的夜；
一边是年轻的楼厦，昂头，不语，
只有纯粹的金色，炫耀在胸前。

片刻，一边开始说，"崇高""奥秘"；
一边，回应着"勇气""探索"……
一只氧分子，被宇宙
派到我这儿来，默默地观赏。

接着那幕终于暗了下来。一边的怒火
已经熄灭，一边也敛起了心灵
的骄傲，徒留一副肉体，黯然兀立在那儿。
天空已被对峙的光烫出了无数的焦痕。
在我头上，灰色的云屑
仿佛凌乱的翩翎，静静飘落。

餐厅点起了灯。远处，
演员和导演在谢幕。我站起来，
杯盏同你们交错、相碰，颤抖着，
赞美，叹息，今晚获得了怎样的净化。
然后我们告别，回到各自的生活里去
——去凝视那些横在面前的大殿和星体。

晾 衣

他像一位寡言的邻居那样可敬，
终日在隔壁书写着什么。
夜晚，为他支起心灵寂静的帐篷，
星辰把洁净的年轮涂满墙壁。
他酝酿着细节，静静滴水。

有时他不免要从自己的形体中蹀出来，
站在一边，像触摸和审视某个
不认识的别人：这里
是一小块泥土的痕迹，烟圈般
消隐着，周围那遥远的林地，
布谷鸟衔来四季的枝子。
这里留着一点香气，好像心上的
人儿还没走远，相赠的礼物
尚未蒙上多年的尘埃。还有这
一处褶子，总不能熨平。
常常会痛苦，所以常常会攥紧。

黎明时他便开始写了。他蒸发，
一边写，一边读给天空中那位
唯一的听众。阳光好的时候，
他坐在那儿能读上一整天。

偶尔我打完了球，在操场红色的
塑胶跑道旁休息；或者
交上填满的试卷，长舒口气，
望向窗外，我会察觉到在那片
湛蓝之中似乎有什么人在陶醉、放肆。

那时我还不认识他，这位
住在我每一段时日隔壁的邻居。
我甚至从没注意到过，与生活
一墙之隔的地方还有这样一个房间存在着。

如今我仍未同他交谈。
但有一些奥秘我已经在领受，当
风吹来，汇聚着街巷里跑动的野猫、
郊区的作坊、海面那昼夜燃烧的油田……
他翻动着，像一群预感到春天的候鸟。
一切，都在低语，都在对他说着：飞吧，
朝向那浩渺，飞。而他仍凝视在那
永恒的桌前，告诫着自己，
不，属于你的时候还没有来到。

市东敬老院

与其说是坐落，不如说是隔离。
校舍像流水绕过了它，
怕着什么：坚硬、落差和沉。
一扇窗子里面，
老头醒了，坐起来，
歇着梦，额头因为一宿的搏斗
和逃亡，而挂起汗珠。光
进来，把床单的昏暗掸了掸。
几米之外，除了下个计划，
那几个学生好像什么也看不见。
但老头看得见他们。
不止，
他还看得见跟在所有人后面的那个。
那个黑洞洞的，沥青一般，
他逼视着那个，目光像个拳手，
将铁栅狠狠震撼。
那个不理他。一只鸟
扑闪着求来的签，跳到另一支解上去了。
他叫目光："回来吧！
吃完早饭，再找护工换双鞋去。"
可是目光没回来。这是
他来这儿的第一天。

十多年来，目光，和铁栅，
维持着较劲儿的姿势，就再没动弹过，
鸟儿更换着命的锁和钥匙。
他离开的那晚，日日新的学生
走进对面的烧烤店，
变着消耗的戏法：食物、炭，
还有。这回，总算被听到了，
救护车的声音，像个凌厉的回旋镖，
将街区摁灭，送回盛满了寂静的旷野。
眼睛们瞪着学生，这是
怎么了？
"怎么了？"柜台后面
服务生的嘴嘟囔着，"看见没有，
对面，铁门上面，
每天那五个字都在写自己。"
眼睛们就都不瞪了，垂下来。
这时街区已渐渐找回了家，
他们重新拾起话头，彼此缝着。
但他们中有一个掉了队，
她摸着黑，掏出儿时的小磁铁，
辨认着星宿。能看见了，
从前怎么没见过？
围栏那儿有个目光弓着身子，
铁栅似是攥了太久，到处是锈。
拐角，那个望了望她。
"生命"，她追上去。

早晨的向度
——赠曹僧

当代生活真是……
　　——曹僧

I

风暴过了五月，铜铃般的肺腑，
悬满了边境。来人何不尝一口？
早晨忧郁的重金属。
我醒来，关掉闹钟，听见
梦里的那另一只仍然响着。
小一点儿，几乎透明，
仿佛它根本不在这儿。但
当透窗而来的光线临摹出它的影子，
它正像一颗火棘要烧穿空间这纸囚室。

II

微信里你的牢骚也加入了它。
属于耳朵的早晨，
碗筷，在橱中相碰，窗外
麻雀呼唤着菜市的小名，
旧城区朝辽阔的云天吊几声嗓子。

而今早这些都由你们统治，
甚至爱人的轻声细语里，
也有一个浑身锈色的男人
在奋力地击打着自己。是的，我们
时差相隔，地球转到它的反面。
凝神的野草遭遇了电商的年中大促。
哪有什么质疑可言？这里不卖这个，
来点儿别的词嘛，热门的，
买三件"成功"就赠一件"中产"。
风塞给我硬币，像给一枚零件
抹上润滑油，以免它从蓝图中走失。
你的固执有如野牛头骨
焊在酒吧的墙上，注视着酩酊的荒谬，
只为往来皆醉客，他们的天气
多么晴好，夏天有足球，
晚上有一集小姐姐，播放于
死亡的间歇，宇宙中
一颗孤独行星的表面。

III

它仍然响着，仿佛这个现实下面
还有一个现实，可以去醒。
我准备照常穿衣，洗漱，
走上街像一具等待被主人摆弄的玩偶。
在网络的另一边你面红，舌燥，

发现言说无法越出窠臼，便只好
停下来，怒视手机好像那是一个虚无。
轿车还是产业链，广告牌也还是树，
现实的雨，扩充着土地的资本。
但从四方上下之外的那个
不可能的方向，今天一直传来
一只闹钟的铃声。珍惜这铃声。
除此，再没有什么别的自由可以拯救我们。

雪中的爱神像

普赛克，你从天国来。
　　——爱伦·坡

I

又一个冬天。工作台与窗台的边境线，
帘子垂荡着，仿佛长久的大雪。
究竟是谁，还在那片弹坑的缝隙间逃窜？
天气好得不真实，就好像花园的

栅栏不真实，从十年前的西伯利亚，
铁丝网伸过来，现在围绕着我的树苗、
我的宴会和妻子。是的，流亡，
并不因一间远东的洋行、一沓足以挥霍

半生的银票而抵达了终点。甚至也并非
始于那场哥萨克骑兵的围困，否则
新绘的草图，为何会带来一种归家的感觉？
量尺和腿伤不真实，在这张纸的虚构面前。

如今我多年的绘制即将建成。在宫殿、
水池和廊柱之间，你空缺如弦月。
我记起我那有别于兹沃伦州的故乡了。

056

我也不再真实，如同那蝴蝶，遁入你的化名。

II

明天我要为你换掉两个小提琴手。
如果可能，我还要换掉门口发炎的闹市。
换掉北，三千里外的枪声终究太响了。
换掉这张地图：五片大洲，这容纳

你我的空间，总是重复着瓷盘跌碎的一瞬。
总之，杂音我都为你换掉，定贞，
如此我们能坐下来，好好听一场音乐会，
好好分辨我们缠绕着葡萄藤的情话，

究竟传自何处。梦中你不再会惊醒，
庭院里，她轻柔的祝福也不再会遗漏。
这轮明月下我们的身体是否也是一种汉白玉？
在尘埃的渗透，和喷泉的荡涤之间，

真正的美离我们还有多远？唉，定贞，
每一晚我都有伤感的一会儿，这个春天，
我的生意，矿难的电报，楼下小住的戴先生……
这些，是否有损于她的天真和皎洁？

III

旋转楼梯雕花的扶手，我曾请他刻上
你名字的缩写。吉生，今天你死了，
你的名字却到处都是，从香港到上海，
从茶肆到公司，知交和路人的口中，

你仿佛一场大雨遍野地流淌。而真正的你
是那朵耗尽了形状的云，他们全不察觉。
年轻时我爱看那些云，洁白的，大团的，
本身是一种空，却填补着更大的空。你

总是对的，坐在石凳上，我们那么望着她，
你说正相反，是我们构成着她的生活。
她看见我们在色彩的芬芳中拥吻、剪指甲，
看见门外，轿车运载着世界往前，她看见

崭新的云，正使她的蔚蓝变化万千。今夏，
那宅子仍会是流萤粉蝶扑闪在茂盛的花叶中，
她会如常，凝望二楼没有了主人的卧室。
而你我的爱和死，即将融进她的完美。

IV

暂时请你躲在这里吧。暂时，是多久，
我们谁都不清楚。潮虫们有福了，你为

这个花房的角落，投下了多么巨大的阴影。
暂时，意味着没有绫罗绸缎，破布裹上

几层废报纸。外头，这秋天，太阳的箭簇
四处猎杀着羿的后代，他们更不会放过你，
你就是理论上被憎恨的偶像。哦，我们
这些易朽的小东西，怎么也能将你毁坏？

好了。扶正眼镜，喇叭一遍遍拷问着：我
是个无辜的人么？标语像被纠正的鲜花，
这未来全人类的院子。但我相信，十年后
你淋着清水，被一只手仔细地擦洗，那光洁

仿佛你刚刚造就；而你褪下的灰烬般的尘埃，
将以另一种形式，被你收容。美，究竟有没有
阶级的分别？有，便有吧，短暂、相对之美；
但也许，像你，这世上还存在一种无限和绝对……

V

近来，每一晚，当我提着电筒，远方
渐暗的霓虹，恰好对应了心室衰老的炉子。
这可能是最后一次了，披上呢大衣，
我巡视你的砖墙、电线、猫窝和银杏树。

我叫他们全都立正，然后什么也不做。

以前我总这样，我的好时候献给了西北的疆土。
但历史，不敌一张证件。迟暮之人，
只好在菜市和医院间寻找一处广场去静坐。

我叫这手电的光、晚风、粒子，全都立正，
严肃地，等待一场也许不会到来的雪。
好印证我调来的第一天，满园的银白
构造着你。你里面，满溢着雪深奥的准则。

岁月，按下我们的额头，却听任你昂着。
立正：一个痛苦，在告别美。那是什么，飘
在半空？走出喷泉、小天使吧。只要你不能，
我的银铛入狱便无法被克服。你要雪的成全。

VI

现在是你沉入睡眠的时刻，旋开了宝盒。
谷仓，和你较量个没完，要你区分善和恶；
金羊毛，九十年的炎凉，和你较量个没完；
黑色的河水也不闲着，每一代人不停地

叫嚷：渴，我渴。我来这儿的第四个季节，
搁在你旁边，光阴的雕刀天天拿我练手。
偶尔他也削几只梨子，摆在大厅的长桌上，
吊灯的显影液描出执箭者的影子。唤来

那些溃烂：积木般的校舍、肥胖和算计，
一天的生命，兑些工业废气；愤怒，
被野蛮地删除；昂贵的床铺煎熬着囚徒的痛楚……
我们败坏了的世界全都来了，此刻，挤在

你心灵的宅院。雪，覆盖着一切，天气
静穆如祈祷。午后空旷的乒乓球台，什么人，
往复着，击打一颗金色的小球？你的睡眠
荡漾着酿造的甜美。既然，雪，也是一种尘埃……

辑三　煮酒（2016-2017）

音信全无

有时你坐在苏州河边，
一辆汽车正载着她
驶上肖家河桥。这些年，
两条河，在地球的两端各自流着。

风车海岸

你属于我们时代正在消逝的事物
　　　——戈麦

I

堤坝覆盖着几层干枯的螃蟹。
盲诗人，这里多么荒凉，
强劲的风，将灵魂昼夜不息地收割。
一边是滩涂和海，一边是天狼星，
暴雨停了许久我们仍裹紧衣服。
每个宁静的早晨我醒来，
我触摸身上花蟒留下的深痕。
我把床褥铺在救活我的舢板上，
把腿上拔出的断矛丢进厨房，
把铠甲当作玩具，送给我的新弟弟。
我终日活着，呼吸、饮食，四处疯狂地走，
忘记了自己是谁，来自何方又往何处去。

II

如此二十年。
你叫我来这里为了寻觅什么？
这个国度的边缘杳无一人，

只有饕餮泥浆的轮胎，在公路上空转。
直到海鸟仿佛狼烟引燃远处的影子——
在视野的尽头，它们静立着；
一旁，火舌般的潮水中没有一滴
敢于跃过它们冰冷的威慑；多么高，
它们缓缓旋转的头颅，正为风暴赋形；
下方，倒伏的树林、灌丛和芦苇，
荒野体会着被一股力量征服后的安宁；
钢铁的身躯里面，它们隐蔽的电流，
像是某种精神，在辽阔，在
连接无穷的远方和无数的人们……
为什么它们不像是来自这颗星球，
却让我感到了亲人般的熟悉？

III

我们来到它脚下。扇叶的影子划过，
盲诗人，是否它们就是新的史诗
正等待着你来表达？地面，
巨大的日晷——九岁，我把书垒在桌上，
学战风车的老头，建造自己的城堡，
从桑丘手里偷来你的诗；十三岁，
我是执长枪的常山将，踏马
混进你排列如一支骑兵的韵脚；
十八岁，我在途经小镇时听见你，
在永不饶恕天空的梧桐树，在对黑夜

和泥泞的阅读里，我听见你；
二十三岁，我爱我的语言，已胜过爱你的……
今天，在这片锻造着空间的风车下，
在不断熄灭、又燃烧的海岸边，
你来，告诉我这里就是我们的城邦，
你要我做回难寐的夜里为你掌灯的仆人。

墙画，旁边摆着水仙

煮了青梅酒。收拾碗碟的女人
嘴唇递来红葡萄，
像小狮子，靠在胸前。
电视已开始播放风景画，
沙发褶皱里的丘陵
已长出了天使。
整个秋天的下午，窗帘
也没有什么影子掠过，
只有不透明的光线
偶尔滴下，洇湿我的脸。
我将溪水蹚了一遍又一遍，
醒来复睡去，贪欢虽一晌；
我分解在房间斑斓糊涂的油彩中。

蓝 田

用裁缝的剪刀剖一条泥鳅
这里叫蓝田，美丽的名字
路牌上印着。半空飘的烟呢
你伏案磨玉的老男人？
某个结霜的清早，出门、菜市
水泥卡车磨盘一般碾过
幼猫正梦见自己是头狮子
横卧在泔水四溢的早餐铺前
它酣睡，颅盖掀开，无声地
仿佛红石榴，邀请你
探查有什么甜蜜藏在里面
两旁矮楼伸出的晾衣杆像是
代表一种生活哲学的船首像
租碟片的三轮车像是刚上岸的水牛
小巷像风，脚手架像风筝
偶尔萨克斯响自建筑工地
蓝色铁门的背面，混合着
厨房角落蛛网上的蛾子
垃圾屋附近终日不散的恶臭
哦，我庆幸这流放般的日子
我来这里体会过去生活的虚幻

猴　王

I

也许还蜷缩在母亲的腹中我就已经
同你打过了照面。一个英雄、无往不胜的
战神、命运的主宰，配得上作嫁妆的新彩电
和一个刚刚组建、野心勃勃的小家庭。
当阳台仿佛浪漫的乐手，拨弄起两根晾衣绳，
我的哭声中是否也混合着你快活的呵斥？
总是隔窗夜雨，房间的局促一再放大
美梦便跟随你升入白若婚纱的云端。

II

一度我觉得动画城里小跑的不是你。
戏台上的不是，窗花不是，后传里的不是。
众楼围出的院子你的模仿者从不会匮乏，
仿佛你吹了毫毛，这里是你的水帘洞。女孩们
荡漾的秋千下，男孩捡起树枝，无数次地旋转，
将自己割伤。弯月金箍下炽亮的眼睛，
还有焦躁的手该怎样挠……从这些细节中你
获得了自己的永恒，而我们想将它窃取。

III

许多闷热的晌午，外祖父从书房踱到庭院。
我的手臂上还灼烧着你的彩色贴画。
紫檀木桌压着砚台山，书中你是小和尚，
敲开柴扉讨斋吃，指路的樵夫说着山遥路远
天色晚了施主。哦，饮鸩止渴的亡命徒，
前方是花蛇般的原野，山深多少妖精，
你石头心中的风眼能拴住怎样庞大的风暴！
伴着母亲的轻唤我睁开眼，口中含满了墨。

IV

但是十九岁的夏天我真的见到了花果山。
沿着铁路线向东，同徐州相邻的另一座
背靠大海的城市。街道、景区，龇牙的猴子
挂在远远的树上，鸟雀运行如同子弹。我惊讶于
一种衰败，在我的国度的北方，到处都是同样的；
惊讶于你的山寨者们粗鲁的手，不放过向每个游客
伸去的机会。在旅馆的椅子上我拿出合影，
看到他们画成了你的面孔仿佛被你打死过的强盗。

V

但如今你真的老了。早在上一轮猴年的春晚舞台，
你已经是开始生锈的零件，运转如常，声音

却透露出全部真相。如今你爱夸耀自己的过去，
爱用偏执的口吻，宣称谁才是"正宗"，如同一个
彼得堡的土财主，逢人便从口袋，掏出一小节
斯特拉文斯基二十年前手抄的乐谱。关掉微博，
我看到一个灵魂徘徊在正月喧闹的街头。你已经
被自己的影子所吞没，谁能为衰老的世界带来新的神话？

喷泉街
——赠曹僧、存己、大乐

骑进去。风暴中洗发的橡树
我喜欢轮胎辗轧水面的感觉
像是一种执著的爱
将分开的浪花重新合起。在往年
到梅雨时节，校园也总是如此景象
每一条路上涌动的水流
都溶解着草坪与楼房低声的交谈
我们就像三五只野鸭子扇着蹼
驶入天空和云，调整这片湖泊的重心
远处的山峦多么壮观
拨水的力量为何从那里回来
让我不再想要提起这些天的烦心事
与汇于此地的人们站在一起
望向沐浴着水雾的街灯
泊在路边的面包车，为一切染上橙黄
濛濛的婚纱掩住消防栓的侧影
这座城市的晚祷结束了，她听到
揽着怀中的白鸽，小跑到窗前
将积蓄的幸福洒给所有路过的陌生人

速 写

在理发店，十三只灯将镜子绕起来。再暗一些，假若恰巧这时辰，一切都出门散步去了。它们上了锁的轮廓蒙上一夜色。我错认端坐在镜子中央的人，被一圈跳荡的蜡烛簇拥着。幸福铺展在野草疯长的操场上，星群沿着她的发梢奔跑。理发的小哥闭起眼睛，修剪他的琴弦，一边听。湖边烂醉的亭子为夜空打上蝴蝶结。众树低吟的小径，永恒的夏天已经消逝。

仿 影

I

先是描红。笔画，
其实是由一个个微小的红点构成的。

如此蓝黑色的墨水就不止是
一件件衣服将那些字迹轻柔地包裹。
它成为了闪亮的河水，勾连起无数城镇。

我每天为这样的发现而感到激动。
在班主任时刻探照的目光中

广播日复一日的古筝曲，并不能
将那种足够安宁时才会泛起的涟漪
画进我干燥如幼兽的心灵。

如今我的小学已搬到另一条街上，
那曲子也不再如期响起。

为什么我从没考虑过，当她
在讲台上注视我们，心中常想些什么？
现在她也搬进了公墓，在一些干枯的花下面。

II

合上一个再打开另一个。
仿影才是一天中最后的环节——
它更加艰难，似乎因为肩负着落日

当半透明的纸被掀起，
便不再有河床来填补错误和遗漏，
河水如惊惶的鸟群，扰乱整洁的半空；

更神秘，按住它的左手一旦松开，
浓雾便铺展在冬天的早晨，

我喜欢它把一切安分挪进冒险故事的能力
想象自己是一个汤姆·索亚。
有谁会不热爱一座若有若无的城市？

当然还有更大的成就感，
像是父亲扶到半路就偷偷停下
随着双脚变快，仍然往前方飞驰的自行车，

一张尽管歪斜，但至少没有跌倒的字，
每一处破绽都如同有惊无险的坑洼，
为成长增添着骄傲和警觉。

最后是更多的爱。

每到这时我便要走到教室的门口，
将这节自习课的成果递到她的手里。

III

常常她点点头，为我打上一个"优"。
偶尔我会被留下，
直到天色变暗，窗口传来汽车焦躁的笛鸣。

有时她教导我要更缓慢，
或者提醒，"首先应细致地观察"。
或者纠正我的握笔和坐姿。

只有一次，她建议我
试着仔细体会用力的方法。

然后我可以收拾书包，游入北方的夜。
每天，历经与影子的这番搏斗
我才能在晚饭前踮起脚，
按响宣告这一天终于结束的门铃。

不知道在对母亲的关切做出的所有回答中，
我是否提到过那些不小心写坏的笔画，
和那个逡巡在教室里的灵魂？

如今我仍爱模仿心中完美的影子。

她常说的几句话仿佛河灯，
顺着记忆，流向每一行诗的尽头

跟随星光，逐一熄灭。
但对于力量，我已经有了自己的体会。

看电视，一块薯片掉落

一块喜悦的金黄，跌入了平日
那沾着些污渍的灰白条纹，

整洁，又疲倦的灰白，
印在淡季海滨黄昏中的灰白。

小商店的老板，右边跟着他的妻子
两个老人，在沙滩
静静看着浪头来回，嬉闹如同爱犬。

落日不复正午的锐利，
此刻它已六倍地张开了角度
着陆，辗轧着无垠的柔软

这就是他们为什么如此地热爱自己，
热爱稳如季风的晚年，
这风自某个青春时刻起便开始了它的吹拂，

一张简洁的床单，覆盖住涨潮的海；
椰树，帆船，或肆虐的火烧云，

或伟大的灵魂一般

凌空，又俯冲的鸥鸟，

或旗帜的巨大和光荣
被它的力量扯紧后残存的细缝

都不过是涣散的尘埃，穿过
却丝毫不能打搅

那道裁开了窗帘、正在胸前凝固的光束；
没有一种鲜艳能够真的
停留在这片灰白的荡漾中。

烟草山

一个是舔舐蚌肉的河，
一个是空间

振翅绒鹤中。
盛满月食的唇和空虚的唇

紫甘蓝的唇和句号的唇
我相互试探的唇，

总是柔软如捣衣一片
总是熔渣又模具，核桃又梅雨；

总是相同又相异，
踩实又踩空；

总是坐进冬天又衔回乐器，
总是将灰弹论，碾碎礁石的力

又沉默不语，
总是脏又美，诗又诗。

书房小夜曲

来人卸冰，敷在心头。
我是被虚空刺中的马
骑上海蜇，遨游和膨胀，

巡天如陀螺，时刻在扭转。
我是报警器用惊叫
履过一片呼吸的冰层，

休憩时青葱的友人不谋面，
下厨时不切。我是碾碎筋肉的机器
溶解着海的因子；

哦你潮汐焦渴的咽喉
吊蓝的房间空空一片，
从浪头提回的海空空一片。

我是来不及逃遁的松软，
黄沙的黑暗如蜂王，
躺进光稠密又规则的巢，

拥挤时它发烫。
我是虚空寻找着遇刺的马，

呼吸声履过惊叫，生命经历肉；

我是肉渗入肉的机器，
松软广阔的滩涂，河流多放浪
黄沙的黑暗翻捡自己的金子。

停电之夜

I

倚靠荒山，三面是原野，
被一条状如铁链的小河捆住。
偶尔在安静的自习课，

能听见校舍威严如一头巨兽的呼吸声。
四壁的表面反射着灯光
像一片冰湖，
为旅客铺展开冬日中美丽的那部分；

而纠缠的电线却深埋在它的内里，
让我感到我们的骨骼
其实是一块块黑马般的生铁，
被虚空中的磁感线牵引着；当铃音

宣示电流在周遭起了变化，
远山就是一位欣喜若狂的奥斯特
记下我们扭向必然的瞬间。

II

像是一阵过于强烈的闪光灯，
尔后便将我们从明亮的教室，
剪入一卷漆黑的胶片

那个晚上就是由一道闪电开始的。
先是暗如深渊的沉默，
以叩问永恒的方式，我们在困惑中
度过了漫长如一个烟圈的半秒；

随后是欢呼，久久不歇的——
我们重新变回密密麻麻的沙丁鱼，
认识到这海浪般的欢呼似乎并不来源于我们自己，
它只是借了道，
从我们翕动的两腮中悄然穿过。

也许此前十多年的生活，只是这阵海浪
拍击到焦岩之前短暂的盈空？
现在它终于爱过了，
并且还在汹涌持久地爱着。

III

暴雨就这样突然降临。
古老事物的信使

将一种有别于日常的逻辑带给了我们。
一时间，

手机屏幕如星斗接连亮起
很快亮成一片。着迷于犯禁的年纪，
禁忌的美丽就如同荒蛮的银河。

再不用窃窃私语，
很快便坐入属于自己的小集团。
在欢呼，和心中对于电工
隐隐的不安中，他们到处晕眩着

走廊上有羚羊与猎豹般迅捷的身影，
对面的教学楼里，传来此起彼伏的哄声。
少女的羞怯，
如烛芯跳荡着，似乎有成群的飞蛾
在撞击无数年轻的胸膛。

但我和你另辟了一条浅亮的溪流，
从心头涓涓的往事中
各自捡起一些贝壳与鹅卵石，
交换心爱的收藏品一样
谈论了一晚。
直到电如新宗教，夺回它的世界。

IV

众多的夜晚，
那节灯光寥落的晚自习，
反而是高耸在童年中心的电信局大楼。
入夜也仍闪耀，
为四面的建筑标明了
它们在这片广漠平原中的位置。

在旅途中的这些年，
虽然仅有有限的几次，我又回想起它，
但它的漆黑一片就如刻骨的疤痕
一直都在我的背后兀自亮着。

如今我知道只要我愿意，
我的心可以随时俘虏任何房间里的电流，
我甚至可以随时回到那个夜晚，
坐到我和你的中间

仔细听每一句话，也仔细听欢呼声，
像一根手指动情地
触摸着一幅旧日发皱的边角。

哦，我想此刻我是被印在神奈川冲浪里了，
凝视着一片渔船，骚动如春；
而我是远处的富士山，是骄傲和宁静。

移 山

I

总是第一场雪刚刚落下
母亲将换洗的衣物收拾好，
我就跟父亲走下楼去。

老旧的小区，
野广告有如充斥病院的咳声
时刻回荡在消毒水气味般
冷淡的冬日之光里。

十分钟的路程，
几乎称得上是一段漫长的旅途了。
整个童年，我的双脚
就是在那里设下它最遥远的边驿。

终于数到六十，
我从烫人的水池里弹起来，
坐到大理石冰凉的池台上。

父亲转过身，将搓布移交到我的手中。
一片正在消退的红热

在身后，自己的影子一般；

小手则向前方用力——
这几乎是我唯一能为他做的事了，
避开背上乱若棋局的
红白相间的疤痕和脓包，

像是不得不绕开陡峭的峰峦，
一个年轻的测量员就这样
年复一年，
勘探着滋养了他的民族的宽阔山脉
要付出多少努力，
才能在崇山峻岭之中不至迷失。

II

昔日令我恐惧的水位，
如今就连大腿也不能完全没过了，

两粒浮标荡漾着
压制住风浪欲兴的水面。一种骄傲

已数到三百，
热，但并不焦灼，甚至
感到迅速膨胀的心中
浮出了一些永远无法消融的寒冷。

很多年我渴望着
和他并排坐在这里，一直坐下去。
从没有这样，久久

凝视过上方的通风口：三片扇叶缓慢地
转动着明亮的日光，
照射在这个水汽蒸腾、晦如洞穴的空间里
运行如一架放映机

不断往水幕投来光影；
粼粼的往事，变幻在胸前，这还是第一次
静坐在我旁边，

看记忆无声播放着。
不知道他是否也把握到了
这电影故事的动人之处?

终于他倦了，先于我
站起身。再一次

他将旧去许多的搓布移交到我的手中，
沉如楚山的璞玉
辗转到人间；再一次

意识到真正的成长是多么艰难，

通风扇旋动的这些岁月
我能为他做的事并没有增添一件；

再一次，把手按上他的脊背。
从未想过重逢竟会是这样

不再有需要绕开的重峦叠嶂了，
他峥嵘的脊背只留下
暗若深潭的点点斑痕，

盛年的血气已从他的身躯挥发殆尽，
像是彻夜的噩梦
终于消失在清晨的眼角。

唯有一道山脊铰链般
硬朗而坚韧，
自颈而下，纵贯一片荒原

还从未如此夺目过
像是停电之夜，
母亲从厨房端出一支亮如诺言的蜡烛；
闭馆时分，骤然安静的动物园
传来狮子傲慢的撕咬。

新的测量终于完成了，
测量员收起他的仪器，

知道他不能阻挡这股挪移群山的力量。

但他仍会这样测量下去，
每年他是一只重返山岭的候鸟
坚信自己就是春天之神。

垂钓，写在勒口上

休息日午后，你沉睡。
一片澄净的湖

阴天住宅区之水
断了电的门铃之水
厨具与书页之水……
无数的水在这里漂流汇聚。

只有你沉沉的，坠在湖心，
为床单荡向远处的波褶
赋予你那世间独一的安宁。

多么幸福，美丽
银色的钩子
你来将我的咽喉刺破。

回乡偶书

I

客车的路线变了，
我下错了村子，要走上很远。
像一架失灵的缝纫机
困惑要往哪个方向
才能补全针脚低鸣的音乐？

这是许久不曾去过的地界
田地耕而未耙，与往年相异；
早稻沿着耕犁隆起的吻痕
向着上方等候节气的春天生长；

低洼之处，都涂满了秧苗的阴影
翘首的信件会述说
雪水迟来的恩典。

II

暖冬终于不能带来安慰的年纪，
我觉得自己
就是在这样的沟壑里游动。

迎面而来的机器不再是拖拉机
载满了丰年之声，
而是小轿车反射着
一路的屋檐下
被五谷和鲤鱼所浸透的风尘。

这就是那一片池塘吗，
曾是斟酒一样满
把小路挤成嵌进鱼钩的蚯蚓，
如今却像是横断已久的树桩
只剩下中心深色的几圈——
多余的时日都被它荒废了。

III

当我再度离开它，
亲爱的山丘骤然缩小
成为后视镜的污点，
不经意，随我回到没有山丘的城市。

像是从尘埃焚烧的抽屉里
救下一张外祖父母遗失的婚照。

失 火

消防箱的一月，整片街区的红色汇向它的漆面
小却坚定，仿佛望见它，所有覆满雪的物事

都如走失城冬的孤儿，被父亲的手悄然握住
安分了太久，人们把它的危险遗忘。现在它是我的房间

腊 月

舔着外滩干涸、发白的伤口，风已流失了太多灵魂，
回乡人去如群雁，衔走的叶脉里，藏有城市最后的暑热。

但因此它终于，开始注视自己不掺一物的肉身。在肮脏的苏州河岸，
你我对坐如两只酒杯饮空。主客皆已远，唯有暴殄这夜色。

三 七

当它第一次
体会到被硬生生掰断的疼痛，
如一只未及开眼的猫崽
熟悉母亲腹下的每一根毛，
它所熟悉的庭院
篱笆，像一串珍珠
垂在瓦房的脖颈周围
（它们终日测量着自己的影子
中心漏下几滴四溅的光）；
那为它浇水的锈迹斑斑的盆
在不远处倒扣着
（如落花镶嵌在泥土里，
下面藏匿着一小块
这地界上消逝已久的春天）；
一根风筝线
牵住的满树乌鹊
（起飞时它们就像是
槐树对着白云
发出的羞怯问候
还未说出口，旋又被收回）……
这些曾与它吮吸过
同一片晨露的小东西们，

便化为几枚肮脏的硬币
在口袋中不断地弹跳
摩擦，口袋悬挂在铁路的上方，
铁路被几枚
沉如骨灰盒的记忆碾过，
疼痛如一叶刀
削去了它的言语。

四年来它始终平静，
在这座旋转不息的城市里，
静如钟表沉稳的底盘。
直到这个冬天
它终于像个垂老异乡的游子
突然倒下，胡须萎缩着，
似乎是有一团火
正在它的身旁炙烤，
我才知道四年前
当它抵达我的窗台
仿佛那便是它奇妙见闻的终点，
那时它离开母亲的漫长旅途
其实反而是刚刚开始。

歇脚了很久，
现在它要再次启程了，
它知晓窗外会闪过的
世间的好风景，已经所剩无几。

尽管如此，
不断死灭的灰烬中
仍有些火星，值得去穷尽。

再问刘十九

像这只瓶子，你和我，曾经也是那么优美
盛有一团好灵魂，迎面打来的风雪都被它的芳香挡住

但现在我要走了，在杯盏牵动着天秤座的推换中
那颗曾陪你度过每个夏夜的星星，今夜终于转进了冬天

速　写

在台东看海的时候，心只被海的体质所吸引，看不到任何别的。但海却不只看到一列火车从半空晃晃悠悠开过去，它还看到一朵拥有新鲜形状的云，一只飞过它时会生怯的海鸟，它亲爱的沙滩，丘峦，和渔民小镇；日月之行对于它，类似两种迥异的私人爱好。或者它仅仅是闭上了眼睛。蓝色的皱纹滟滟的，把光还给它们慷慨的赠予者。无论如何，这些都与看它的人没有了关系。

白云修理

安全帽带，后脑是小舟拨开飞檐
沿岸春枝拍打着，瓦刀提在手，便仿佛上了梁山

三人，凑足陡峭的一笔，把徽宗画的烟尘撇净
另一只手拎小桶，里面晃荡着，要往天上涂抹的材料

引 水

I

周围是些木头，泥土，陶瓷，
只有它
是一整块铁做成的。

身体被漆成深红
像是刚刚焊在那里。

沉，
需要伸出三根棍子才能支撑。
三个顶点，
便划下自己的一圈，
鹰爪一般小，却仿佛已把
整片村庄覆盖的土地狠狠揪住。

在这块三角的中心，
它粗壮的铁筒
直扎进地面下方。
如此，水泥和黄土便空气似的
为它的力道让出了空间。

它的头颅
不是长在自己的脖颈上，
而是咬住了它。
一根长长的柄，像巍峨的凤冠
在背后低垂着，
视线便向着天空无穷远处延伸，
似乎随时
准备振翅、啼叫。

II

我的表哥常带我
绕着院子奔跑，
为黑黄毛色、与我同龄的狼狗特训，
翻小人书，蹲在院子中心
打我们折好的纸片。

或者在院外，村子里，
像两簇小小的风暴，
卷走水塘附近捉来的泥鳅，
卷走裤管上的墙灰，
卷走三道杠一样
在我脸上留下的，树枝耀眼的划痕。

刮累了，便回到外祖父宁静的院子。
回到这院子里

大槐树的庇荫边缘，
回到这块红铁旁边。

抹一抹汗，
表哥从水缸里
舀出半碗水，
倾倒进它脖子周围的空洞。

另一只手握紧它的柄，
开始上下猛烈地摇，
好像那是条鞭子，
他在抽打一匹马。

我蹲在一旁，
把头伸到它的喙下方。
听见，那碗水
渗进空洞时漏出的短暂的滋滋声。

而几乎同时，
沿着它的身体，
绵密而沉稳的声音
开始从地下某处向上爬升
不可阻遏地，
好像这阵鞭打真的将它激怒；

跟随这节奏，

它粗重地喘着气，血液
像冲坏了岩层的熔岩
蔓向每一道沟壑，
似乎，要将这扰它安睡的律动
尽数熔化。

我已经不再口渴，
双手接住奔腾的水流，洗净脸。
表哥这时便松开手柄。

当他也喝饱了水，
它已熄了怒。缓缓地
柄再次垂放到地面。

那慑人的伤口
现在只剩下涓涓的银线，
随后是一阵呜咽，
仿佛它终于挣脱了钢铁的肉身
从我们的眼前飞走了。

但我探向那个空洞，
望见水仍在冒着
好像可以永远这么淌下去，没有穷尽。

III

长大，年复一年，
我的眉眼渐渐变得像祖父，
鼻子和向前探出的脖子像母亲，
参差不齐的牙齿
和对人事的迟钝，像父亲。

但我振动在喉咙里的声音，
它的音调、气息、节奏
却什么亲人也不像，

它只像那台我曾无数次
仰望着的压水机——

顺着细长的水流
每一次，
它都将自己的一部分永远留在我的体内，

伴有滋滋的活塞声，
更多是水流稳健的低鸣
令人感到一滴水落入水缸中的坚实，
它的声音也就这样浇灌了我的幼年，
随着那半碗水，
倾入我空空的心。

此后，漫不经心的盼望中，
更多的声音便像是
被幼时这短促的蓬勃所吸引
从我的心底不断流淌出来，
沉着，清冽，毕生不绝。

辑四　裁心机（2016）

不够李白

走开
诗神
要降临了
就是场面还
不够浩大
我的
镜子有些小

布劳提根去呼兰河

→

1994 年，
布劳提根发现
一夜之间
自己到了中国
的一个普通村庄，
他摘下一朵花
插在旁边
一位姑娘的头发里，
并称赞她
像个天使。

←

布劳提根在中国
过了一夜，
就回到家，
发现自己正
坐在他的女友
和他的情敌之间，
专心吃派，

不听他们交换口水
的声音。

↑

玛西娅离开座位，
留下我和派和
空气人布劳提根，
听得见钟摆的
齿轮在
咯噔
咯噔

要到中午了，
空气人布劳提根
布满天花板，
他滑稽的眼镜装作
熟悉下雨
的纲要。

他才意识到自己
已经死亡
大约十年。

↓

我们分食了
剩下的派，
这时我就
回到医院，
我的母亲在休息，
我的父亲在削一只苹果。

布劳提根在我的
摇篮边
摆弄鲜红的螺旋果皮。
还和我聊些
果皮世界的事情。

宇宙烹饪游戏

星星是
天上的盐粒

我是
（这一小片）
地上的
（最咸的
那颗）

房间纸牌游戏

黑桃四先生忍不住了
说他有名字，
他叫卡德，
是个有身份的人，
不喜欢被我们
这样甩来甩去，
这会让他
想起七十年前在
晴朗的英吉利海峡上方
发生的空难。

飞行员卡德
丧命的时候，
没来得及
说完祖国的全部音节。

他说他的身体里
还有一小块
弹片，不知道现在
取没取出来？
一个度过了漫长
但单调的一生

的印度老妇人的
一小滴眼泪
就挨在它的旁边。

他的左下角是
一只将要做母亲的
青年狐狸，
仍然害羞，
被一双戴着
八枚戒指的手
盖在新大陆远离
变幻无常的海岸线
的霓虹之都中心
赌场二层的走道上
一位比她更懂得
人间规则的
妙龄女郎的双肩。
她小心翼翼
不把口红留在
任何一只玻璃杯上。

但那只狐狸更小的时候
曾吃过一块
老鼠的肉，
那只老鼠又是
一只啃过六百年前

罗马一座修道院图书馆的
老鼠的后代，
乘上一艘塞满黑人的
葡萄牙帆船
像一只钉子般
瘦小的拿破仑。
因此他的左下角
也许还沾着
混合老鼠胃液的
奥古斯丁的皮屑？

"你读过
阿西莫夫的
哪些作品？"

和一张有着
如此丰富阅历的纸牌聊天
无疑是我这辈子
遇到的最困难的事。

"很面熟，
小兄弟，
你的少年时代
每天都会路过两次的
故黄河水，
正流淌在

我的左上部分。
对，对，
再往中间一点，
就是这里。
它的旁边是
空中花园的一段管道。
所以你的影子
现在是第无数次
映在我眼底。"

我把卡德留到最后
才打出来。
不是甩，
是慢慢放入牌堆。

当我们关上空调
和门，下楼梯，
我开始害怕。
卡德的面孔出现在
我左手的食指尖。
他发现我的
身体里也有
许多多余的灵魂。
它们在等待
回到卡德的世界，
就像一场大雪

让旅行商人们
在不规则的火堆上方
突然看清
他们告别过的每个乡村。

在台北车站拥挤的人群中

有两个吊环，
一个被我握着，
另一个在一位
漂亮的年轻女孩手里。
我们在捷运上晃来晃去。

我的吊环悄悄告诉我
一个泛着红晕的秘密。
说完，他看向窗外，
台北在夜色里愈发模糊。

我不说什么，抓紧他，
去握那个女孩
抓着另一只吊环的手。
那一刻我感到自己
是个多么棒的模范朋友。

啊，不必惊慌，
美丽的姑娘我只是
在帮我哥们
追一个可爱的女孩子而已。

你听到了吗?
刚才他们发出的那阵
响彻车站的,
爱情清脆的碰击声?

独坐光阶

风鳐鱼的形状，衔起我的头发，
把一小块镶有人间的珊瑚，赠给了我。

我的爱人被天空吸引，汇为晚云向西；
她解下白衫，让落日轻轻，擦拭她金黄的魂魄。

模型小镇

烧已退了大半，
他说起他建造的一切，
公园、长椅，
图书馆就落在
湖泊的北岸，
模型小镇的居民们
维尼，恐龙，绿巨人，
正跟在杰克身后
抢夺他手里
几根鲜艳的气球。

瓷砖地板上有
三颗钢珠
在不停嘀嗒。
那是秋天深处的下午，
四点的光
几乎把阳台盛满，
边缘是被时钟
冻结的瀑布。

我收起听诊器，
看到被褥上方的绒鹤

纷纷投影在
他幼小的脸上，
像白云高高
掠过了平原和丘陵。
一层记忆的金黄
镀满他的睡衣。

我向他双眼的
方向望去，
只停留了几秒钟。
他的父母开始
问我一些情况。
他在他们背后，
摆弄着柔软的头发。
他的肺炎
正潜入燃烧的枫树。

这件事已经
过去两年。
模型小镇
就像湖心的
一座美丽岛屿
的一张相片
永远在我对
旅途的万千幻想里反光。
绿树，红楼，

矮小的电线杆
上的燕子
的干干净净的美
让人
无法承受。
那几秒钟的
时间几乎
就要成为令我
毕生反复躲藏的阴影。

现在，
搭上一列南归的火车，
我终于不得不
再次面对它。
离弦的车窗外
闪过的所有城镇
正在我方形的
视野里融合，
绒鹤的烟雾和
三颗钢珠的声音
重新将我密密包裹。

我看到我自己
在一条巨大的圆形
轨道上低飞，
群山、天体和云彩

也都成为了辉煌的闪电。
只有模型小镇
仍然静止
在圆心的枯白。
建造它的孩子生病了
躲进万物的波纹中。

海马听诊器

我想在我的
花盆里建一间屋子，
　门口有
　　几棵大波斯菊树，
　　还有几棵三叶草树。

　花盆的边缘就是
一圈浅沙滩，
空气偶尔会冲来
　　几只灰尘螺壳
　　　或灰尘螃蟹，
　　困倦的海鸟有时
　　　就停在我的屋顶
　收起羽毛
　　静静休息。

当你的心跳变快，
　空气里就会
　　出现十分稀有的巨鲸，
　就会从你的血管
　　游向这座
　　　古老的花盆岛

进入哪一棵树的根茎，
再游到我那座
小屋子的
　　每一丝纤维里，
　　　跳动，
　　　跳动，
像一粒刚刚成形
　　鲁莽却
　　拥有未来的年轻花粉。

空气给我们色彩
　　和声音，
泥土给我们食物，
花盆给我们
　　地板和朋友，
夏天给我们热恋，
花盆的边缘给我们泪
　　　和一些
　　　独自看海的时候。

让我再听一听你吧，
　听听最后一头
　　巨鲸忘记了它的出生地
　　　拨弄起空气
　　　　之弦的醉人声响，
　　　就像月亮把

自己抛进了
　　所有浮着渔船的湖，
也抛进所有
　　荒无人烟的湖。

夏夜金属

今晚，我是原子核中的一颗，
用心听盲眼的风，讲述几只昆虫的花丛历险。

我的童年也仍在飘，在这颗迷人的星球
某片靠海的地方，听故事的白鸥无意间，撷走了我后悔的一念。

昼夜展厅

水滴飞来的角度让他记起了旧日子
他也这么看书，额上嘀嗒着桦林收藏的一夜

但这时在他身后，仍跟着他落梅的衰老
另一世界的间谍雨燕般，把铁锈色的晨雾蚀透

断　脉

在两排银杏的
树荫下
走上十分钟，
被炎热惊走的麻雀
就开始陆续飞回，
绕着我
鸣叫：

你是他们中唯一一棵
会移动
的树，
我们到底要不要
停在你身上？

银杏叶细小的
脉络，像
过浓的墨水
在这十分钟里
慢慢
洇入我的左手，我的右手，
接着是我的胳膊，
脖子，脸。

它们看到

小巧的蒲扇，

在我的胸口开合。

现在如果我躺下，

它们就不会

再犹豫。

白云会觉得我

是他新搬来的邻居，

带着简单家具

和一些不够野蛮

的习惯；

草丛小昆虫的

联盟会派

一只流萤

出来探探风；

人们路过这里时会说

这棵树生了

什么病？

斑斓的蝴蝶

望着我

好像我是块

新鲜的镜子。

中 年

那烟卷状的，木雕废屑色的，云端的仙鹤曾失去的
被母亲织进体内的，悔恨的，染上了昏灯乏夜的

硬如刀背的，某只蓝鲸沉入大宁静时所回想到的
一切甘愿束手的，将密林之爱的荒痕涤尽的，有诗的

文图四楼

I

冬夜，深靛色的棉布，把野餐的竹篮蒙上，
四角压住沉沉的石块。如此，它本身便仿佛更轻，

自习室柔和的火苗，都将它轻易吹胀了，
我们好像乘着热气球，观看倒映着星星的人间。

II

翻页时，听这为光所充盈的空间，其他的书
仿佛是一群海豚，哗哗地翻覆，上下裁剪着水面。

我在这声音里沉迷了一会儿，没注意到，一艘巨轮
正缓缓透过我们的肉体，压着凝思之浪，驶向落日。

辑五 往事的发条（2014-2016）

阳阳小朋友的玻璃珠博物馆一层

1999 年，阳阳还小，
还不太明白世纪的真正含义。

升入中班，教室后方，
柜子里的插花和积木都变新了。
他赶快跑去，闻他钟爱的连环画。

以前翻过的那几本，
扉页都印着两排浅浅的牙痕，
像外婆屋后两条细长的溪道，
在他瘦小的记忆里，
永远是刚刚干涸的模样。

连环画的味道也不对了。
他吸吸鼻子，感到心情变得复杂。
门口卖鹌鹑蛋的小车子
今天早晨也消失不见。

他有整整一个上午的时间，
可以细细体味这种新奇的失落感。

午饭后，老师拿来一些小旗，

发到每个小朋友手里，
弹起钢琴，教大家唱《七子之歌》。

阳阳和大家一起挥手。
他也不太懂回归是什么。
圆圆像昨天和前天那样
站在斜前方，跟节拍点着头。

午睡时，连环画书的味道笼罩着他：
圆圆也会不见吗？幼儿园也会吗？

接下来的整个下午他都没有困。
插花的形状让他想起火车。

他其实不太记得火车长什么样子，
暑假里爸爸停在天桥上，
抱起他往远处看过一次。
他只看到白亮的天边闪过一道黑色。

但他记得火车的声音。现在，
他的耳边都是那种绵长的轰隆声了。

那天放学，爸爸迟迟没有来，
教室里只剩阳阳一个小朋友。
年轻的女老师坐在钢琴前，
弹一首他没听过的曲子。

而他只感到着急，不断拆手里的插花。
难道爸爸被那些看不见的火车带走了吗？
后来他坐在自行车后座上哭着
问是不是有一天，爸爸妈妈也会
回到天上变成一颗小星星？

1999 年，阳阳又长大了一点。
他开始往心中存放一些旧东西。
以后，那些火车一直轻轻推着他，
像一股平稳持久的季风，
推着他不断离开，离开。

1999 年那一路上他安心地睡着。
他像一根冒烟的烟囱，把他的梦
吹向行人、红绿灯、吹向新华书店
和中心广场、铁桥、苏果超市的上方。

他的睡梦里还回荡着女老师的钢琴声。
刚才他太急躁，没有发现，
这支曲子其实很好听：噔，噔噔噔……
有呜呜的火车，捶打在她的钢琴上。

回乡偶书

我和老毕，我们从小玩儿到大。
我们结伴去大街东头
一起洗过十多年的桦春池。
路上下着不大的雪，行人也都不打伞。
泡澡时，我们在水面若无其事地
制作一些小小的回旋。
没泡多久，我们就起来冲淋浴，
接着去更衣室。我穿起秋衣，速度很快。
不是因为冷，只是觉得外边在下雪。
老毕坐在对面，晾他二百斤的肥肉。
他说烟你抽不抽，我说不。
他说别急着穿啊，坐这儿聊会儿天儿。
我说那我去买两盒牛奶。
更衣室的低气压，让我的嗓子更难受。
旁边那人躺着，和修脚师傅也聊天。
师傅说他去北京深造了一年，
那北京人是厉害，咱搓澡都比不上人家。
鼾声叮着一屋子睡着的老男人，
有的白花花，有的黑黢黢。
生活在皮质的床铺上，留下一道道取胜的划痕。
我回来戳开牛奶，和他聊天，
我们不时举盒碰上一碰。

雪在我头上下着，
越下越大，
他也不是浑然不知。

新年夜

旧人捎来问候，把多余的爆竹揽在群山之外，
那回声引明月，也引记忆的纺线编织，夜的锦。

当你孤独时，才听到银河的宁静与辽阔；你看到星辰
开始朦胧，如同令人怀念的好时光，我们刚刚变得不单纯。

独坐光阶

相看两不厌，只有敬亭山。
——李白

对岸，路灯正在星星般闪烁。几声争吵轻轻地
晕开远处的草坪，好像蜻蜓点着银河。白云那么白。

十几年前，我在土桥一头踢石子，听着随树林起伏的蝉。
外婆拿着一根细长的竹竿走向林子，在月下仿佛她说过的仙人。

对《对彗星的观测》的观测
——给燕磊

下午三点半，空调散热器在窗外滴水，
困意仿佛葡藤上的青蝶，在盛夏的深处歇脚，
摇曳它迟迟不肯开合的双翅。

偷闲如同盗火，同一场造梦游戏轻盈地
玩味着浮生无聊的速死，只有铅字的彗星引来
那一滴逝水，划过此刻之荒漠的无声无光。

珊 瑚

1

那时我刚刚不再是个高中生，
从没坐过船。毕业旅行的结尾，
我们从天目湖回去。那是个傍晚，
归程还未半，原野一片糊涂，
雷雨从四面八方涌来。
所有人唱着歌慢慢睡着，闪电也没能
干扰一车呼吸的匀称。

我紧抠着车窗玻璃，深蓝的乌云
向五指的指尖处沉陷。
同伴们在平静中吐着泡泡。

有一会儿我忘记了这不是那条船。
我从没见过
这么干净的湖水。

2

两年来，我的鼻炎轻了些，日子
像抽纸一样，有时两三张连着

一同抽去。

那天是单独的一张。半周的暴雨
在纸篓中停歇。政民路与洪山路之间的
另一辆大巴，不相识的同路人
按照惯例，在平稳的轨迹中垂下眼睛。

天蓝得像刀片。

我记起这是两年前摇晃的湖面，
需要仰头才能看到，泡沫像漂浮的云层
阳光透过来，湖水一样甘冽。
我将手摊在车窗上，
汨汨清凉，从纸篓更深处漫出来。

3

下车后我感到自己仍是这么咸，这么苦涩，
生活的盐会更多更猛烈地渗入我。
不过我已将一截片刻的自己
永远沉在更干净的湖底了。